18°

JEAN CALAS

A SA FEMME

ET A SES ENFANS,

HÉROÏDE.

Tantum Relligio potuit fuadere malorum !

Par M. BLIN DE SAINMORE.

 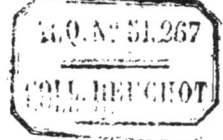

A PARIS;

De l'Imprimerie de SÉBASTIEN JORRY, rue & vis-
à-vis la Comédie Francoife, au Grand Monarque.

M. DCC. LXV.

Avec Permiffion.

AVERTISSEMENT.

Un Vieillard de 69 ans a été accusé d'avoir pendu son fils âgé de 28 ans. On a supposé que ce père s'était porté à cette atrocité pour empêcher son fils d'abjurer la Religion Protestante que sa famille professait. Enfin le 9 Mars 1762 , cet infortuné fut condamné par Arrêt du Parlement de Toulouse à être rompu vif & ensuite jetté au feu. Ainsi l'on vit le plus innocent des hommes & le plus tendre des pères conduit au supplice comme parricide , & expirer sur la roue avec une fermeté héroïque , en protestant de son innocence & en conjurant le Ciel de pardonner à ses Juges & à ses ennemis. Je n'entrerai pas dans de plus grands détails : les Mémoires de MM. ELIE DE BEAUMONT, MARIETTE, & LOISEAU ont dû faire affez connaître les circonftances de cette effrayante avanture. Toute l'Europe a frémi de cette malheureufe affaire. Tous les cœurs fenfibles ont pris parti. Les pleurs ont coulé de tous les yeux , & les gens de la plus grande diftinction fe font intéreffés aux malheurs de cette famille infortunée. Madame CALAS eft venuë fe jetter aux pieds du ROI pour implorer fa Juftice. Elle a offert de prouver que fon époux avait été condamné injuftement. Elle a fupplié le Confeil du ROI d'examiner fa caufe avec toute la févérité poffible , & de la punir

rigoureusement, si elle était coupable.
Les Juges, nommés par le R O I, ont
revû le Procès fait à Toulouse, & toute l'Europe a retenti de l'innocence de
M. CALAS. Enfin, Samedi 9 Mars 1765,
l'Arrêt du Parlement de Toulouse a été
caffé, & M. CALAS père, sa famille &
tous les Accusés ont été jugés innocens
& réhabilités avec dépens, dommages
& intérêts. Madame CALAS accom-
pagnée de Mlles ses filles, étoit pré-
sente à cette décision, & est sortie du
Palais au milieu des acclamations de
ses Juges & d'une foule de Spectateurs
qui les environnaient.

On sait que M. DE VOLTAIRE,
en lisant les papiers publics, fut frappé
de l'innocence de M. CALAS, & qu'il

écrivit à fa veuve, qu'il ne connaiffait pas, pour l'engager à venir implorer la Juſtice du R o i. Sa plume, fes foins, fon argent, fon crédit, il a tout employé pour lui faire rendre juſtice. Cette fenfibilité doit, chez la Poſtérité, faire autant d'honneur à fon cœur que fes ouvrages en feront à fon efprit. Combattre le fanatifme, fervir de père aux malheureux, rendre l'honneur à une famille opprimée ; voilà donc le mal que font les Philofophes.

Je ne dois point oublier un fait qui eſt venu à ma connoiſſance. M. le Maréchal de R ***. étant aux délices devant une nombreufe affemblée, demanda à M. DE VOLTAIRE des détails de cette affaire. L'Auteur de la Henriade lui raconta tout avec une éloquence si forte & si pathétique que M. le Maréchal & tous les spectateurs fondirent en larmes. Alors M. DE VOLTAIRE fit entrer un des CALAS fils, qui étoit dans une chambre voisine, & M. le Maréchal de R*** dit au jeune homme : *Monsieur, je suis persuadé de l'innocence de M. votre père ; vos malheurs m'ont vivement pénétré. Vous pouvez compter sur mon crédit & sur mes secours. Puisque vous n'avez plus de père, c'est à moi de vous en servir.* C'est par des traits semblables qui ennobliraient un homme obscur, qu'un grand Seigneur fait voir qu'il sort d'un sang illustre.

M. CALAS est supposé écrire cette Epître à sa femme & à ses enfans, à

l'inftant qu'il vient d'entendre l'Arrêt
qui l'a condamné. Il s'adreffe au Ciel,
à la Terre, à fes Juges, à fes Ennemis,
& les prend à témoins de fon innocence.
La fituation eft des plus intéreffantes,
& par conféquent appartient à la poëfie.
C'eft ici le lieu d'avouer que je dois les
plus beaux endroits de mon ouvrage
aux Plaidoyers de M^{rs}. les Avocats.
Je ne me fuis point fait fcrupule d'y
prendre ce qui m'a convenu. Je me fuis
dit ce que l'illuftre Molière fe difait à
lui-même en lifant Plaute ; *cela eft à moi,*
parce que cela eft bon : *il faut reprendre*
fon bien où on le trouve.

JEAN

JEAN CALAS

A SA FEMME ET A SES ENFANS,

HÉROÏDE.

O CHÉRE & tendre épouſe, ô moitié de moi-même,
Répons-moi ; ſens-tu bien cette force ſuprême
Qui nous fait, ſans frémir, enviſager la mort ?
Si tu la ſens, écoute & vois quel eſt mon ſort.

Ce Sénat éclairé, dont le bras redoutable
Doit venger l'Innocent, & punir le Coupable ,
Que du glaive des Loix le Ciel voulut armer
Pour défendre le Juſte & non pour l'opprimer ;
Ce Sénat, dont cent fois j'admirai la juſtice ,
Vient de me condamner.... & je marche au ſupplice.
Ce diſcours te ſurprend, & tu ne conçois pas
Qu'il ait, ſans nul indice, ordonné mon trépas.
Hélas ! rien n'eſt plus vrai : la mort la plus cruelle
Et la honte pour moi bien plus à craindre qu'elle ,

Sont le prix que le fort réferve à ton époux.

Quelle fauffe lumière a pu les tromper tous !

Ces Miniftres des Loix , dont l'équité févère

Réfifte aux préjugés reçus par le vulgaire,

Sont-ils, comme un vil peuple, entraînés par l'erreur?

Ont-ils, fans éxamen , adopté fa fureur ?

Ont-ils cru qu'un Vieillard, appefanti par l'âge,

Pour un crime inoui ranimant fon courage,

Bravant ce que jamais l'homme eut de plus facré,

Ait porté fur fon Fils un bras dénaturé ?

Mais, fuppofant qu'en moi la Nature bifarre

Ait placé, pour ce crime, un cœur affez barbare,

Ont-ils cru qu'une Mère , avec tranquillité,

Ait vû verfer le fang que fes flancs ont porté,

Et qu'en nous uniffant, l'hymen trifte & fauvage

De deux monftres fanglans ait formé l'affemblage?

Hélas! ils ont cru tout , & mon fupplice eft prêt.

Le Fanatifme feul a dicté cet Arrêt.

Ah! s'ils nous avoient vus dans ce moment terrible

Où la mort, fe montrant fous un afpect horrible,

Vint offrir à nos yeux effrayés & surpris
Le corps pâle & glacé de ce malheureux Fils ;
Où le cœur déchiré des plus vives allarmes,
J'éclatais en fanglots & je fondais en larmes ;
Où l'appellant cent fois tu ferrais dans tes bras
Ce Fils, ce trifte Fils qui ne répondait pas ;
Nous auraient-ils jamais foupçonnés d'imposture ?
Se feraient-ils mépris au cri de la Nature ?
Ce fpectacle touchant pour nous aurait parlé :
Leurs cœurs auraient frémi, leurs pleurs auraient coulé :
Hélas ! notre douleur ne fut que trop fincère !
Parmi ces Sénateurs ; ah ! s'il était un Père
Dans l'horreur d'un cachot je ne gémirais pas,
Et fes indignes fers tomberaient de mes bras.
D'un plus heureux fuccès je flattais mon courage,
Je crus que quelque jour je verrais cet orage
En éclats impuiffants fe fondre loin de moi,
L'Innocent dans les fers eft toujours fans effroi.

Quoi ! pendant foixante ans ma vertu fut entière,
Et l'opprobre m'attend au bout de ma carrière,

Quoi ! la vie & l'honneur vont donc m'être ravis ,
N'était-ce pas affez d'avoir perdu mon Fils ?
Déplorables humains, malheureux que nous fommes,
Notre honneur dépend donc du caprice des hommes ?
Je meurs dans le fupplice , & cet horrible affront
S'étend fur ma Famille & va flétrir fon front.
Il eft bien douloureux , bien trifte pour un Père
De laiffer à fes Fils l'opprobre & la mifère.

Vous qui me condamnez , ô Juges , tremblez tous ;
Le fang , que vous verfez , peut rejaillir fur vous :
Quel aveu voulez vous arracher de ma bouche ,
Sinon que l'honneur feul , que la vertu me touche ;
Que le meurtre à mes yeux a toujours fait horreur ,
Et qu'un Juge équitable eft fujet à l'erreur ?
Je ne crains que pour vous : Que m'importe une vie ,
Qui bientôt par les ans pourra m'être ravie !
CALAS, à votre bras, abandonne fes jours ;
Mais de ma deftinée examinez le cours ;
Du crime de mon fils , fi mon cœur eft complice,
Je n'attends point de grace , & je marche au fupplice.

Par des tourmens affreux, tâchez d'épouvanter,
Quiconque à l'avenir oferait m'imiter.
Moi! coupable! grand Dieu! tremblez; on vous abufe.
Où font-ils ces témoins dont le ferment m'accufe ?
S'il en eft un, qu'il parle, & je le confondrai.
Je péris fous leurs coups, mais je triompherai.
Du fond de mon tombeau ma cendre peut renaître.
Le jour peut arriver où vous verrez peut-être
La vérité terrible éclater à vos yeux.
Le temps déchirera le voile injurieux,
Qui cachait dans la nuit ma timide innocence.
Alors vous frémirez d'une injufte fentence :
Par des larmes de fang vous pleurerez ma mort :
Vous ferez déchirés par les traits du remord.
Dieu, qui vois leur erreur, pardonne à leur faibleffe
Et détourne loin d'eux ta fureur vengereffe.

Lâches perfécuteurs, c'eft vous feuls, oui, c'eft vous
Qui trompez le Sénat & conduifez fes coups.
Cruels, vous triomphez; nous fommes vos victimes,
Et pour mieux me noircir vous me prêtez vos crimes,

Mais la honte eſt pour vous quand la mort eſt pour moi.
Je la vois s'approcher & je ſuis ſans effroi.
Chère & fidelle Epouſe, imite mon courage,
L'Innocent doit offrir un cœur ferme à l'orage.

O toi le premier né de mes triſtes enfans,
Toi ſur qui je fondais l'eſpoir de mes vieux ans,
Toi que j'ai tant aimé, toi dont la mort ſanglante
A mes ſens déſolés ſemble toujours préſente,
O mon Fils, mon cher Fils, dans quel abîme affreux
As-tu précipité tes Parens malheureux ?
Va, mon cœur te pardonne. Ah ! s'il était poſſible
Qu'à mes triſtes deſtins ton ombre fût ſenſible,
Bientôt ſortant pour moi du gouffre des enfers
Tu me rendrais l'honneur, & tu romprais mes fers.
Mais hélas ! inſenſible à mes plaintes funébres,
Tu dors tranquillement dans le ſein des ténébres,
Et, dans ce doux repos, tu ne t'informes pas
Si ta mort aujourd'hui va cauſer mon trépas.

Dans mon deſtin fatal toi-même enveloppée,
Chère Epouſe, avec moi te verrais-tu frappée ?

Car, si je suis coupable, il faut que tu le sois;
On doit ou nous absoudre, ou nous perdre à la fois.
Ah cruels! si vos traits font expirer le Père,
Du moins à des Enfans conservez une Mère;
D'une Epouse si tendre épargnez les douleurs;
N'aigrissez point ses maux & respectez ses pleurs.
Si la mort est pour vous une si douce image,
Frappez, & que mon sang suffise à votre rage.

De ma triste maison cet ardent oppresseur *
Qui de la loi des Cieux se croit le défenseur,
Lui qui sur mon Fils mort a vu couler nos larmes,
A perdre un innocent peut-il trouver des charmes?
La mort est mon supplice & la vie est le sien:
Dans mes injustes maux Dieu sera mon soutien;
Mais lui, de ses enfans la plus tendre caresse
A son cœur déchiré reprochera sans cesse
Ses cruelles fureurs, mes tourmens & ma mort.

---

* M. Calas veut parler sans doute de M. David, alors Capitoul à Toulouse & depuis peu destitué du Capitoulat par Arrêt du Parlement. Un Capitoul à Toulouse est à peu-près ce qu'est ici M. le Lieutenant Général de Police.

Dieu, ne le livrez point aux horreurs du remord :
Si, contraire à sa Loi, la Loi qui nous enchaîne
Dans son ame inflexible a fait naître la haine,
Que du moins sur moi seul il cherche à se venger.
Mais comment se peut-il que ce jeune Etranger *,
Dont le cœur est si noble, & le front si modeste,
Soit encore entraîné dans ma chûte funeste ?

Chère Epouse, dis-moi : quand, propice à nos feux,
L'Hymen nous enchaîna par le plus doux des nœuds ;
Quand le Ciel bénissant cette union si chère
Augmentait les Enfans dont il me rendit Père ;
Quand je louais ce Dieu dont les soins bienfaisans
Et sur eux & sur nous répandaient ces présens ;
Quand pour eux j'implorais la Puissance céleste,
Aurais-tu cru qu'un d'eux nous devînt si funeste,
Et qu'un jour au supplice injustement livrés
Par la main d'un Bourreau nous fussions séparés.

---

* M. Lavaisse, Fils d'un Avocat de Toulouse, que M. CALAS
Père avoit invité à souper le soir même que Marc-Antoine CALAS
s'est défait, & qui a eu le malheur d'être compliqué dans cette
procédure.

Des fragiles humains tu connais la faibleſſe :
Juſqu'au dernier moment je me flatte ſans ceſſe ;
Oui, malgré que ce Peuple avec acharnement
D'un Père infortuné pourſuive le tourment,
Je crois qu'épouvanté de mon affreux ſupplice,
Il ouvrira les yeux & me rendra juſtice.
Mais vois comment le Ciel ſe rit de mon erreur.
Un ſonge cette nuit, pour mieux tromper mon cœur,
Me faiſait concevoir le plus heureux augure.
Un Spectre, à la lueur d'une lumière obſcure,
S'offre à moi ; de frayeur tous mes ſens ſont ſaiſis.
Raſſure-toi, dit-il, que crains-tu de ton Fils,
Mon Père ? de tes maux c'eſt moi qui ſuis la cauſe ;
J'en gémis ; mais ſur Dieu que ton cœur ſe repoſe :
Il ne ſouffrira point qu'un injuſte ſoupçon
Flétriſſe pour jamais & ton cœur & ton nom ;
Par lui, par ſon ſecours l'innocence vengée
Voit, d'un piége trompeur, ſa marche dégagée ;
Sans doute un jour viendra... Que veux-tu m'annoncer,
M'écriai-je, ô mon Fils ? Je cours pour l'embraſſer,
Mais je ne trouve plus qu'une vapeur horrible.

C

Alors mon cachot s'ouvre avec un bruit terrible :
Je m'éveille : je crois qu'on va changer mon fort ;
Mais que vois-je? un Bourreau vient m'annoncer la mort.

Noir tombeau des vivans, triste & lugubre enceinte
Où près du crime assis l'Innocent vit sans crainte,
Où le Coupable aux fers, de remords combattu,
Ose espérer le prix qu'on doit à la vertu ;
Parmi ces malheureux que ton ombre renferme,
Tu n'en verras jamais qui, d'un œil aussi ferme,
Porte, au supplice affreux où je suis condamné,
Un cœur plus innocent & plus infortuné?

Où sont donc ces amis dont la flatteuse adresse
Avait trompé mon cœur & surpris ma tendresse ;
Qui me chérissaient tant dans mes prospérités?
Le malheur loin de moi les a tous écartés.
Cette amitié si vive en projets consumée
Au milieu des sermens s'évapore en fumée.
Qu'ils viennent, ces témoins de mon intégrité,
A mes Juges séduits montrer la vérité.

Quoi, lorfque de mon cœur connaiffant la droiture
Ils peuvent d'un feul mot démentir l'impofture,
Ils gardent pour moi feul un filence profond !
Dans ces momens affreux tant d'horreur me confond.
Tout fuit quand j'ai befoin d'une utile défenfe ;
N'eft-il donc plus de cœur fenfible à l'innocence ?
Hélas ! confole - toi, Mortel infortuné ;
Le fort d'un malheureux eft d'être abandonné.

Non, il ne fut jamais un fort plus déplorable
Que d'avoir un cœur pur & d'être cru coupable ;
J'ai bien prévu le coup dont je me fens frappé,
Quand fur de faux rapports tout un Peuple trompé
Imputait à mon bras cette mort fi cruelle :
Quand ce Peuple crédule *, animé d'un faux zèle,

---

* MARC-ANTOINE CALAS était Proteftant, ainfi que
fon Père, & cependant le Peuple croyant qu'il était mort
martyr, lui fit faire un magnifique fervice dans plufieurs
Eglifes de Touloufe. MARC-ANTOINE était repréfenté par un
fquelette humain, tenant d'une main un écrit, fur lequel on
lifait *Abjuration de l'Héréfie*, & de l'autre une palme, fymbole
du martyre.

C ij

Plaçait au rang des Saints cet Enfant malheureux,
Que peut-être autrement Dieu jugeait dans les Cieux.
Ce qui fur le danger m'éclaira davantage ;
Ce fut l'inftant funefte * où rappellant fa rage,
Touloufe avec tranfport célébrait le retour
De ce maffacre affreux, de cet horrible jour,
Qui dut être de pleurs une fource éternelle.
Quand de mes ennemis la foule criminelle
Des feux du Fanatifme embrâfait les efprits ;
Quand ce Peuple cruel demandait à grands cris,
Que pour ce jour fanglant l'on gardât la victime ;
Alors je vis fous moi s'approfondir l'abîme,
Tu connais les fureurs d'un Peuple audacieux
Qui, par des cruautés, penfe venger les Cieux.

Hélas ! fommes-nous donc dans ces tems déplorables
Où l'erreur fit verfer le fang de nos femblables ?

———————————————

* Il eft ici queftion de cette Fête que l'on célébre à Touloufe
ous les ans en mémoire d'un maffacre de Huguenots arrivé il y
a environ deux Siécles.

Quoi! lorfqu'éclairant tout de fon flambeau divin *

La Raifon veut enfemble unir Rome & Calvin;

Que fans approfondir tant de Sectes contraires,

Elle veut des humains faire un Peuple de Frères;

C'eft en nous immolant, qu'on veut nous convertir,

Barbares, de l'erreur il eft temps de fortir;

Répondez: eft-ce ainfi que ces premiers Apôtres,

Heureux Réformateurs de vos Loix & des nôtres,

A leur culte enchaînaient la foule des Mortels?

Ont-ils du fang humain arrofé les Autels?

La paix & la douceur étaient leurs feules armes;

D'une Famille en deuil ils effuyaient les larmes;

Ils pardonnaient à ceux qui les ont accablés;

Eft-ce, en nous maffacrant, que vous leur reffemblés?

Jefus dont nous fuivons la morale divine,

Fit-il, le fer en main, adopter fa doctrine?

A-t-il du Fanatifme enfeigné les chemins?

Vous a-t-il ordonné d'égorger les Humains?

Dans fes Livres facrés l'humanité refpire;

---

* Il ne faut pas oublier que c'eft un Proteftant qui parle.

Ce n'eſt que ſur la paix qu'eſt fondé ſon Empire ;
La force ſur les cœurs ne pourra jamais rien :
Elle rend Hypocrite, & ne rend pas Chrétien.

O Toi dont l'Univers adore la puiſſance,
Toi qui lis dans mon cœur, qui vois mon innocence,
Dieu que j'implore, entends ma voix du haut des Cieux :
Ce jour eſt le dernier qui va luire à mes yeux ;
Daigne éclaircir le doute où cet inſtant me plonge ;
Si je ſuis égaré dans la nuit du menſonge,
Si jamais loin de toi mon cœur s'eſt écarté,
A mes regards mourans fais briller ta clarté ;
J'embraſſe des Romains le dogme & les myſtères.
Mais ſi, ſuivant en paix le culte de mes Pères,
Je marche au vrai chemin qui conduit juſqu'à toi :
Dans ces heüreux ſentiers, mon Dieu, raffermis-moi.
Tu vois comme en ce jour l'erreur me perſécute.
Tu ſais ſi j'ai commis le forfait qu'on m'impute :
Hélas ! je voudrais bien, dans ces momens d'effroi,
N'avoir point d'autre crime à porter devant toi.
En permettant l'erreur que ce Sénat écoute.

Du crime de mon Fils tu me punis fans doute,
CALAS, qui de ta main reçoit ces châtimens,
Se livre, fans murmure, aux plus cruels tourmens.
Mon Dieu, de tes Elus fouffrir eft le partage,
Plus innocent que moi tu fouffris davantage. *
Je t'offre mes douleurs : que cet affreux trépas
Trouve grâce à tes yeux, & défarme ton bras,
Et que mon ame enfin de mes fautes lavée
Jouiffe de la gloire à tes Saints réfervée.

De ma trifte innocence, infortunés témoins,
Vous dont les premiers ans m'ont coûté tant de foins,
Dont les charmes naiffans font aimer la fageffe,
Mes Filles ; autrefois je flattais ma tendreffe
De vous laiffer un jour dans les bras d'un Epoux.
Quel Mortel courageux, hélas ! voudrait pour vous
Braver ce préjugé, peut-être trop févère,
Qui flétrit les Enfans du crime de leur Père ?

------

* Ce font les dernières paroles de CALAS qu'on a tâché de rendre ici.

Et toi dont le bonheur me fut ſi précieux,
Chère Epouſe, reçois mes plus tendres adieux.
Vivez, mes chers Enfans, conſolez votre Mère,
Et ſi de votre nom la gloire vous eſt chère,
Allez & jettez-vous aux pieds de votre R o i,
Demandez-lui l'honneur que vous perdez en moi.
Vous verrez qu'en ces lieux, qu'on peint inacceſſibles,
Tous les cœurs, mes Enfans, ne ſont pas inſenſibles.
Ce Prince bienfaiſant, touché de vos malheurs,
De ſon bandeau ſacré peut eſſuyer vos pleurs:
De nos vils ennemis démêlant l'artifice,
Il confondra leur brigue & vous rendra juſtice.
Mais, rentrés dans vos droits, devenez généreux;
Et ne vous en vengez qu'en les rendant heureux;
Ce n'eſt qu'en pardonnant qu'un grand cœur ſe ſignale.

Adieu. J'entends déja ſonner l'heure fatale,
Hélas! fut-il jamais un plus funeſte ſort?
On ouvre; c'en eſt fait.... Ah, votre Père eſt mort.

F I N.